KB122146

봄이 온다

마이노리티시선 50

# 봄이 온다

지은이  객토문학 동인
펴낸이  조정환
책임운영  신은주
편집부  김정연
표지 디자인  조문영
홍보  김하은

펴낸곳  도서출판 갈무리  등록일  1994. 3. 3.  등록번호  제17-0161호
인쇄  2018년 11월 22일  발행  2018년 11월 28일
종이  화인페이퍼  인쇄  예원프린팅  제본  은정제책

주소  서울 마포구 동교로 18길 9-13 [서교동 464-56]
전화  02-325-1485  팩스  02-325-1407
website  http://galmuri.co.kr  e-mail  galmuri94@gmail.com

ISBN  978-89-6195-189-0 04810 / 978-89-86114-26-3 (세트)

값 8,000원

이 도서의 국립중앙도서관 출판시도서목록(CIP)은 서지정보유통지원시스템 홈페이지(http://seoji.
nl.go.kr)와 국가자료공동목록시스템(http://www.nl.go.kr/kolisnet)에서 이용하실 수 있습니다. (CIP
제어번호 : CIP2018035929)

* 이 시집은 경남문화예술진흥원에서 제작비를 지원받았습니다.

# 봄이 온다

객토문학 동인 제14집

노민영   정은호
박덕선   최상해
배재운   표성배
이규석   허영옥
이상호

갈무리

# 14집을 내며

다시 길을 나서며 신발 끈을 묶는다. 시인에게 운명이 있다면, 그 것은 주어진 길을 뚜벅뚜벅 걷는 것이다. 걷다 보면 어떤 결론에 도 달할 것이라는 믿음이 바로 시인이 가진 운명이라고 말해도 되지 않을까. 이런 믿음을 버리지 못하고 손안에 가슴속에 품고는 끝내 가던 길을 멈춘 시인이 어디 한둘이겠는가. 설사 우리가 이 길에서 우리가 걸으며 실천하고자 했던 일들이 좀 부족하더라도, 그 끝이 어딘지는 모르지만 가 닿지 못할지라도, 그것 역시 우리에게 주어진 운명으로 받아 안는 것이 시인의 길이라고 해도 될 것이다.

우리는 그런 의미에서 지금까지 어떤 길을 걸어왔는지 되돌아보고 반성해야 하며, 어떤 방향으로 걸어갈 것인지에 대한 깊은 고민은 언제나 유효한 일이라고 본다. 그런 의미에서 올해는 동인들이 매년 행했던 시화전 대신 우리 지역에서 있었던 불행하고 아픈 역사의 현장을 직접 탐방하고 공부해서 함께 이야기해 보는 사업을 통해 작은 실천을 해 보았다.

세 번에 걸친 스토리텔링은 첫 번째로 '김주열과 3·15, 그리고 4·19'라는 제목으로 김주열 열사 시신 인양지에서 시를 읽고 3·15와 4·19라는 역사의 수레바퀴에서 '김주열'이 갖는 의미에 대해 생각해 보았으며, 두 번째로는 한국전쟁과 민간인 학살 문제를 다루기 위해 '전쟁과 평화, 인간의 두 얼굴'이라는 제목으로 마산합포구 진전면 곡안리에서 미군들에 의해 자행된 민간인 학살사건을 통해 전쟁이라는 특수한 상황에 부닥친 인간의 참모습을 짚어보고, 인간이 전쟁을 핑계로 저질러 놓은 민간인 학살에 대해 작은 마음으로나마 추도하는 시간을 가져 보았다. 세 번째로 우리 지역에서 3·15와 빼놓을 수 없는 것이 바로 '부마항쟁'일 것이다. 1979년 부산과 마산에서 일어난 부마항쟁을 '항쟁, 아래로부터 피어난 핏빛 역사의 꽃'이라는 제목으로 항쟁의 의미와 지역에 남아 있는 기념물 등을 답사하고 시 낭송을 하는 시간을 가져 보았다. 무엇보다도 스토리텔링을 통해 조금이나마 지역의 굵직한 현대사 속으로 걸어 들어간 시간은 의미 있는 시간이었다. 이처럼 작지만, 우리 스스로 할 수 있는 일들을 찾아 객토는 쉬지 않고 걸어갈 것이다.

이번 14집에는 스토리텔링을 통한 결과물을 1부 〈함께 걷는 길〉과 3부 〈객토문학 스토리텔링〉이라는 제목으로 선보인다. 그리고 일상적으로 시작 활동을 한 결과물을 2부 〈시로 말한다〉에 싣는다. 오랜만에 정은호 동인이 신작을 내놓았다. 시인이 시를 버릴 수 없듯, 시인은 현실을 외면할 수 없다. 눈을 약간만 옆으로 돌려 보면 아직도 집으로 돌아가지 못하고, 머리띠를 두른 사람들이 많다. 또한 하루를 먹고 살기 위해 버티는 사람들의 손이 너무나 허전하다는 것을 우리는 잘 알고 있다. 그들의 손을 누가 잡아줄 수 있을까. 시인은 시를 통해 화가는 그림을 통해 가수는 노래를 통해 그들의 삶을 우리라는 울타리 속에서 함께 아우르는 세상을 꿈꿔본다. 그런 꿈을 꾸는 게 시인이지 않을까.

2018년 10월
객토문학 동인

# 차례

14집을 내며

## 제1부 함께 걷는 길

### 김주열과 3·15, 그리고 4·19

정은호     마산에는 3·15 국립묘지가 있다  13
노민영     봄이 온다  14
          죽어서 흙밥이나 될 바에는  16
허영옥     꽃샘추위  17
박덕선     등대, 타오르지 않아도  18
이규석     도화선  20
이상호     바다는  22
최상해     그 이름 김주열  24
표성배     마산 2018년  26
          자유  27

### 전쟁과 평화, 인간의 두 얼굴

허영옥     없어져야 할 말  29

노민영     대숲 소리  30

박덕선     우리 아기 죄명은 통비분자  32

이규석     아직도 산은 말이 없고  34

이상호     잘한다  36

최상해     1950년 8월 11일  38

표성배     전쟁과 괴물  40

          악마  42

항쟁, 아래로부터 피어난 핏빛 역사의 꽃

표성배     봉화산은 매일매일  45

          馬山 10·18 그리고  46

노민영     긴급조치시대 멸망의 물결  48

이규석     봄은 그냥 오는 것이 아니다  50

허영옥     장마  52

이상호     아직도  54

최상해     대한민국  56

박덕선     혁명의 흔적  58

## 제2부 시로 말한다

노민영     배냇저고리 60

전생 61

은비늘 62

수평선 64

물고기처럼 사는 법 65

박덕선     하행선 노상매장에 앉아 66

백두산 아리랑 68

녹색 동지 권혜반 70

배재운     봄날에 73

첫선 74

빈자리 75

환생 76

빨간 티이 77

이규석     바가지 78

불량 79

오십견 80

계룡산 82

허기  84

이상호    비상  85

소록도  86

뜬금없이  87

창동예술촌에서  88

줄  89

정은호    목 백일홍  90

하늘같이  91

능소화  92

촌철살인  94

쓸어가라  96

최상해    강아지똥  97

모순  98

식목일  99

사라지다  100

안부  101

표성배    봄비  102

야외음악회  103

불효자 104

등 105

2018년 4월 27일 판문점 도보다리에는 106

허영옥    유목민 107

울란바토르 달동네 108

몽골에서 별 헤는 밤 109

호상 110

변비 걸린 고양이 111


**제3부 객토문학 스토리텔링**

제1차 객토문학 스토리텔링 114

제2차 객토문학 스토리텔링 118

제3차 객토문학 스토리텔링 122

객토문학 동인지 및 동인의 책 126

# 제1부 함께 걷는 길

| 김주열과 | 마산에는 3·15 국립묘지가 있다 | 정은호 |
| 3·15, | 봄이 온다 / 죽어서 흙밥이나 될 바에는 | 노민영 |
| 그리고 | 꽃샘추위 | 허영옥 |
| 4·19 | 등대, 타오르지 않아도 | 박덕선 |
| | 도화선 | 이규석 |
| | 바다는 | 이상호 |
| | 그 이름 김주열 | 최상해 |
| | 마산 2018년 / 자유 | 표성배 |

| 전쟁과 평화, | 없어져야 할 말 | 허영옥 |
| 인간의 | 대숲 소리 | 노민영 |
| 두 얼굴 | 우리 아기 죄명은 통비분자 | 박덕선 |
| | 아직도 산은 말이 없고 | 이규석 |
| | 잘한다 | 이상호 |
| | 1950년 8월 11일 | 최상해 |
| | 전쟁과 괴물 / 악마 | 표성배 |

| 항쟁, | 봉화산은 매일매일 / 馬山 10·18 그리고 | 표성배 |
| 아래로부터 | 긴급조치시대 멸망의 물결 | 노민영 |
| 피어난 | 봄은 그냥 오는 것이 아니다 | 이규석 |
| 핏빛 역사의 꽃 | 장마 | 허영옥 |
| | 아직도 | 이상호 |
| | 대한민국 | 최상해 |
| | 혁명의 흔적 | 박덕선 |

# 김주열과 3·15, 그리고 4·19

| | |
|---|---|
| 정은호 | 마산에는 3·15 국립묘지가 있다 |
| 노민영 | 봄이 온다 / 죽어서 흙밥이나 될 바에는 |
| 허영옥 | 꽃샘추위 |
| 박덕선 | 등대, 타오르지 않아도 |
| 이규석 | 도화선 |
| 이상호 | 바다는 |
| 최상해 | 그 이름 김주열 |
| 표성배 | 마산 2018년 / 자유 |

정은호

# 마산에는 3·15 국립묘지가 있다

마산에는 3·15 국립묘지가 있다

4·19혁명,
그 도화선이 된 3·15

그랬다

마산 앞바다에 김주열 열사의 시신이 떠오르자
성난 민중들이 분분히 들고일어났던 것이다
부정한 방법을 동원해 집권야욕에만 사로잡혔던
이승만 정권, 결국 막을 내리게 한 현대사의 비극 앞에
불의에 맞서 싸운 자랑스러운 마산 민중이 있었다
그날, 이 땅의 민주주의를 위해 희생한 영령들을 모신
마산에는 3·15 국립묘지가 있다

# 봄이 온다

짓밟히고 다져진 땅속에
숨 고르던 생명이 일제히
햇살을 향해 싹이 솟구치는 봄날

부정한 것을 부정하다고 외치며
마산의 봄은
독재를 뚫고 3·15에 솟았다.

총부리에 꺾인 3·15가 가라앉고만
마산 앞바다의 4월 11일
참을 수 없는 억울함으로 출렁이다
시퍼렇게 멍든 파도는
돌덩이를 매단 주검의 김주열을
건져 올렸다.

이 망극한 울분을 외치고 외치며
독재와 부정의 항거를 위해
마산은 거센 파도로 솟구쳤다.

마산의 봄은
앞바다에 꽃잎이 떨어지면
시퍼런 파도가 출렁거리며 데리고 온다.

마산 앞바다는 파도는
가라앉힌다고 품을 수 없고
억누른다고 출렁이지 않을 수 없는
혼이 실린 봄을 부르는 바다
죽어서도 용서치 못할
김주열이 시퍼렇게 파도친다.

3·15가 데리고 온 그 봄
꽃샘추위에 잠시 머뭇거릴 뿐
봄은 기어코 온다.

# 죽어서 흙밥이나 될 바에는

남쪽 언덕의 홀씨가 날아든
삼월의 허리춤을 찬 바다
살벌한 겨울을 물리고
피 끓는 봄이 솟구치는
출렁이는 마산의 거리가 파도친다.

새순 꽃봉오리는
차디찬 겨울 끝에 발을 담그고
겹겹이 품은 꽃잎을 터뜨릴
이른 봄날을 두려워하지 않는다.

소금물에 절어서 피는 꽃은
썩어가는 곳 어디든
뿌리를 내리고 붉게 번진다.

죽어서 흙밥이나 될 바에는
사람 노릇은
흩날리는 꽃잎이 되어도
봄이 부를 때 주저 없이 피는 것이다.

허영옥

# 꽃샘추위

김주열과 3·15, 그리고 4·19

해마다
꽃샘추위 앞에 앓아 시든 목련에
시련을 이기지 못한 청춘이라 하지 마라

다행히 꽃샘추위 피해
만화방창 지천을 채운 꽃들에도
시련을 모른다 말하지 마라

1960년
3·15
4·19
피바람 섞여 불어온 정치판 썩은 바람 앞에
열일곱 꽃봉오리 모질게 꺾여질 줄
누가 알았겠는가

아무도 탓하지 마시라
꽃샘추위에 떨어진 목련을
저 무학산을 가득 메운 지천의 꽃들을

박덕선

# 등대, 타오르지 않아도

바다는 가까워도
김주열은 너무 멀다.

마산만 부두 등대 아래
낭만과 추억은 서렸어도
주열의 피맺힌 영혼은
구름 한 점도 기억하지 않는다.

금만큼의 자유를 누렸지만
최루탄 연기엔 눈물이 없다.

우리는 노래한다.
저 바다 잔잔한 물결을
봄밤의 다정한 꽃 웃음을

피 흘리지 않아도 누리던 평화의 숭고함을
주열에게 묻는 이 없다.

마산만 부둣가 남루한 표지석으로 남은 그

이 작은 바닷가에서 점멸하던
젊은 목숨 하나가 돌리던 수레바퀴

부싯돌 켜던 어린 주열이가 켜 둔
등댓불 하나 봉화로 타오르고
광장으로 광장으로

이 나직한 바닷가에서
부르던 자유의 노래
님이 켜 둔 불빛 따라 언 몸 일으켜
다시 광장으로 우리는 가네

이규석

# 도화선

마산 앞바다는 끝내
독재의 부패를 거부했다

무섭게 쏟아붓는 국지성 폭우
허울 좋은 압제의 바람 등에 업고
기세도 좋게 퍼부었지

민주의 아린 꿈들 무너뜨리고
억울한 생명도 앗아가는
침울한 이 시대의 하늘 믿을수록
더 깊은 잠에 빠져드는 최면술
함정이고 억압인 줄 눈치채야 하는

지금 우리에게
기다림은 순종이다
백기를 든 굴종이다

망설임 거부하고
저 빗속으로 뛰어든

그림자 하나

열사여
김주열 그 이름이여

이상호

# 바다는

바다는 기억한다
그날 그 죽음을
바다는 알고 있다
피 터지는 함성들을
거칠 것 없는 열망들을

그래서
바다는 그 자리를 지키고
늘 그 자리를 맴돌고

4월,
무학산 봄꽃들도
자유와 민주를 찾아
난 분분 흩날리며 떠돌다
여기 마산 앞바다에
숱하게 정착하였다

과거라고 지난 일이라고
잊히고 사라질 수 없는

그 죽음에 대해
그 열망에 대해

바다는
그날같이
소리를 내는 것이다

최상해

# 그 이름 김주열

약속하지 않아도 오는 봄이 야속합니다
계절을 탓하는 것이 부질없지만
합포만은 알고 있습니다
봉화산 봉수대는 그날의 함성을 기억합니다
아직 마산은 봄을 누릴 때가 아니라는 것을,
형제를 속이고 이웃을 배반하고 나라를 팔던
협잡이 난무하던 시절의 아픔을
정의를 위해 두 주먹을 쥐었던
마산 사람들은 잊지 않고 있습니다
청년의 열망이 싸늘한 주검으로 돌아왔던
최루탄이 박힌 처참한 모습으로 되살아왔던
3월과 4월의 하늘을 마산은 기억하고 있습니다
1960년 3월에 울려 퍼졌던 거룩한 함성이
도도한 물결이 되어 마산에서 전국으로 퍼져나갔던
정의에 대한 갈망을
오늘 우리는 잊지 말아야 합니다
당신과 나 사이를 가로막는 단단한 벽을 허물어
정의의 거리를 좁혔던 그 이름 김주열
그의 눈에 박힌 최루탄을 이제는 우리가 뽑아야 합니다

그가 마산의 거리에 흘렸던 피를 우리가 닦아주어야 합니다
귀 먹고 눈먼 세상의 거리에 서서
이제는 우리가 깃발을 흔들
차례입니다

# 마산 2018년

## 김주열 열사 시신 인양 지점에서

90년대 초까지만 해도 민주성지 마산에는 눈이 펑펑 내렸는기라. 창동이나 불종거리 3·15탑 앞에 가슴 따뜻한 사람들 왁자하게 모여, 60년 마산데모사건 때 왼쪽 눈에 미제 최루탄이 박혀 마산 앞바다에 떠오른 김주열 이야기며, 4·19혁명 도화선이 된 제2차 마산 시위 이야기며,* 79년 부마항쟁 이야기며, 마산이 일어서면 푸른 기와집 문패가 바뀌었다며 마산, 마산 하며 가슴 뿌듯하기도 했던 기라. 언자 마산에서는 눈 보기가 별 따기보다 어려운데, 그래도 일 년에 한 번쯤은 눈이 내리는데 어! 눈이네 하고 고개 들어보면 UFO처럼 반짝하고 사라지고 마는 거라. 사라진 자리가 좀 따뜻할까 이런 생각도 잠시 가던 길 가기 바쁜 남도 하고도 마산에는 이제 눈 같은 것은 기대할 수 없는 땅이 되어버린 거라

* 출처/다음 백과

# 자유


2018년 3월 마산 3·15탑 앞에서 '객토문학' 동인이 모여 김수영을 읽는다

1960년 3월 마산 하늘이 자유처럼 성큼 다가서고 있다

# 전쟁과 평화, 인간의 두 얼굴

| | |
|---|---|
| 허영옥 | 없어져야 할 말 |
| 노민영 | 대숲 소리 |
| 박덕선 | 우리 아기 죄명은 통비분자 |
| 이규석 | 아직도 산은 말이 없고 |
| 이상호 | 잘한다 |
| 최상해 | 1950년 8월 11일 |
| 표성배 | 전쟁과 괴물 / 악마 |

허영옥

# 없어져야 할 말

나는 전쟁의 사생아

사람들은 자신들의 욕망을
평화의 이름으로
비극의 잔에 피를 채웁니다.

거창 빨치산 토벌 작전으로 자행한 양민학살에
가족을 희생당한 유족의 말이 생각납니다.

평화,
그 말은 없어져야 할 말이라고
애초에 생겨나면 안 되는 말이었다며
울분을 토하던……

사람들은 오늘도
나를 지키기 위해
또, 총칼을 듭니다.

노민영

# 대숲 소리


유월의 대숲에
그믐달이 지나가며
얼마나 날을 갈았는지
날이 새도록
댓잎은 서걱서걱
제 몸에 양날을 긋고 있었다.

벌건 한여름 대낮에
절단을 하고도 남을 비수로 달구어진 대숲은
곡안리 재실 마당에
미친 듯이 피바람 회오리를 쳤다.

마당에 우물처럼 삼키지도
담장에 느티나무처럼 넋을 놓지도 못해
단지 사람이라서 죽었다.

장대 소나기처럼 빗발치는
그 무자비한 총소리에
어린 새 며느리가

탯줄을 잡고 쏟아진 아기가
전쟁터에 끌려간 남편 대신
의지 삼던 어린 아들이
늙은 부모가
낙엽처럼 마당에 쌓였다.

그날 곡안리 양민은
아군의 총탄에 이유도 모르고
어처구니없이 죽어야만 했다.

박덕선

# 우리 아기 죄명은 통비분자

1949. 4. 17 생, 1951. 2. 10 졸 세 살 홍순자
1950. 4. 11 생, 1951. 2. 11 졸 두 살 홍필여
1949. 10. 10 생, 1951. 2. 11 졸 세 살 문춘자
1950. 4. 10 생, 1951. 2. 11 졸 두 살 이진영
1949. 2. 10 생, 1951. 2. 11 졸 세 살 신광임
1950. 1. 20 생, 1951. 2. 11 졸 두 살 김명중······ 희생된 어린이 359
명

겨우 두세 살의 아기 묘지가 햇살 아래 옹알이하며 뛰어다닐 것
같은
거창 신원 학살사건 추모공원에서 엄마 등에 업혀 숨을 멈췄을
그 피밭골의 아우성을 듣는지 아버지는 돌아서서 하늘을 보다가
묘비를 쓰다듬으며 우신다.

한때 민정당 활동장까지 지냈던 공비토벌지역 토속인
아버지가 운다.
황매산에서 탄피 갖고 놀다가 친구를 잃었던 아버지
보리쌀 두 되에 보도연맹에 희생된 일가를 둔 아버지
그는 투표소에 카메라가 있다고 끝까지 우기며

야당 찍으면 민정당이 어떻게 알아도 안다는
공산당이 가장 무서운 당신
밥상 앞에서 TV 앞에서 싸우다 싸우다가 앙숙이 되어버린 모녀
가

국화꽃 몇 송이 조문하는 추모 공원에서
아부지. 아부지…
이 천 명도 넘는 사람들이 공비들과 교통했다는 죄명으로 죽었
는데요.
두 살짜리 이진영이는 아부지보다 다섯 살이나 작았던 아기인데
통비분자라고, 국군이 죽였다네요.

아부지의 자유당이, 아부지의 정부가, 아부지의 신앙이 저 아기
들한테
총을 난사했다네요. 아부지는 그때 공산당을 알았습니까.
어린 묘지들을 돌며 대답 대신 아버지가 운다.

요즘 들어 눈물이 더 많아진 아버지는 남북 회담장의 대통령을
보며
평양 가서 옥류관의 냉면 한 그릇 먹을 수 있겠다고 또 운다.

이규석

# 아직도 산은 말이 없고

삼천리 방방곡곡
상처 없는 산 어디 있으랴
붉게 핏물 들지 않은 들판 어디 있으랴

열리는 아침마다
닫히는 저녁마다
떠도는 영혼 울음소리 없는 곳 어디 있으랴
억울하지 않은 죽음 어디 있으랴
산목숨 치고 죄인 아닌 자 또 어디 있으랴

총성이 휩쓸고 간 팔월 한낮
태양도 눈을 감고
흐르던 물마저 길을 잃어버렸던
속수무책의 공포 앞에 선 그들
수십 년 대대로
죄 없는 죄인으로 낙인찍혀 살아온 사람들
감히 누가 반성 없는 평화를 말하는가

여기 진전면 곡안리에서

나는 오늘 맑은 영혼을 생각한다
진실과 정의와 평화라는 딱딱한 말 대신
연민과 용서와 화해라는 부드러운 말을 생각한다
굳게 입을 닫은 저 말 없는 능선들 앞에
아직도 무거운 바람 소리 쟁쟁한
아득한 절벽을 본다

이상호

# 잘한다

괭이 바다 연극제에서


붉은 천으로 물결을 만든다
억울한 영혼
그 망자들의 한을 달랜다

슬픔과 절망의 꼭짓점을 지나
살풀이 몸짓들 열기를 더할 때
"잘한다"
어느 관객의 목소리 환상을 깨고 지나간다

이유도 모른 채
죽음의 바다로 끌려간
괭이 바다 양민학살사건
그 67년의 넋을 기리는데

연극을 잘한다는 것인지
아픔을 잘 나타낸다는 것인지
지난 세월의 상처와 아픔
묻히고 잊히고 사라져가는
오늘

그 관객의 "잘한다"는

어떤 울림으로 남을까

그 어떤 기억으로 남아야 할까

최상해

# 1950년 8월 11일

그날 그 아우성을 누가 말할 수 있을까
그날 그 처참한 참상을 누가 기억해 낼까
말할 수 없고 기억해 낼 수 없는
시간을 살았던 사람들의 삶에
누가 따뜻한 말 한마디 건넬 수 있을까
그 순한 얼굴들이 맞은 아침의 평화를
무슨 일이 일어날지도 모른 채
오종종히 뛰놀던 아이들 웃음소리를
지금은 누가 기억해 낼까
단순히 피난을 온 것뿐인데
떠나라고 해서 떠나기로 약속했는데
누가 내린 명령인가
팔월 땡볕이 재실 마당을 달구기도 전에
소나기처럼 쏟아지던 총소리가
곡안리* 하늘과 땅을 삼켜버린,
그날 이후 멈춰버린 시간을 사는 사람들
한 발짝도 더 나아가지 못하고
되돌릴 수도 없는 기억이 되어버린 사람들
새 한 마리 바람 한 점 쉽게 통과하지 못하는

시간의 장벽에 갇힌 영혼들 앞에
가만히 꽃 한 송이를 놓는다
오래오래 기억의 손을 잡는다


\* 1950년 8월 11일 경상남도 창원시 마산합포구 진전면 곡안리 성주 이씨 재실
(齋室)에 피난해있던 마을 주민 150여 명이 미군의 공격을 받아 86명이 희생된
사건.

# 전쟁과 괴물

사람이 사람 얼굴이 아니라
사람의 탈을 쓴 괴물이 되는 것은 순식간이다

사람으로서 할 수 없는 일
해서는 안 되는 일을 하고도
두 다리를 뻗고 잠을 잘 수 있는 것은
괴물이기 때문에 가능한 일이다

괴물은 괴물 스스로 크는 것이 아니라
사람이 만들고 사람이 키우는 것이다
바로 내가 만드는 것이다

여기 마산합포구 진전면 곡안리에 와서
층층이 쌓이고 나뒹굴던 뼈 앞에서
사람에 대한 예의와 존엄을 입에 올린다면
당신 마음속에도 이미 괴물이 자라고 있을 것이다

마음을 닫고 눈을 감고 외면하기에 바빴던
당신과 나는 감히 손가락질할 수 있을까

내가 한 일이 아니라 괴물이 시킨 일이라고
살기 위한 본능이었다고
당신이라도 별수없었을 것이라고
고개 떨구는 저 사람에게

사람이 사람 얼굴이 아니라
사람의 탈을 쓴 괴물로 변하는 데는
그 사람이 처음부터 괴물이기 때문은 아니다

# 악마

미군에 의해 자행된 곡안리 민간인학살 사건


오늘은 누구의 발소리인가
동네 어귀를 가만가만 들어서는 바람들
오늘은 누가 또 가슴을 치는가
별빛마저 빛을 잃었던 긴 시간
아이들 울음소리마저 빼앗아갔던
그 여름날 기억을 바람이 대신하고 있다
대밭을 휘저어 놓았던 소나기 한줄기
허리 굽은 늙은 어미아비도
갓난아이에게 젖을 물리던 엄마도
몰려오는 소나기를 피하지 못했다
착한 사람들이었다는
순진무구한 사람들이었다는 말이
그들에게 무슨 소용인가
피난을 하고자 모였던 아이들과 부녀자들에게
악마의 얼굴로 변했던 팔월의 한낮
저 무자비한 총구 앞에
누가 그들에게 용서를 말하는가
분노하지 마라 말할 수 있는가
아직은 어제 햇볕이 오늘 그대로다
피 묻은 기왓장이 우물 벽이 그대로다
어제 그 바람이 오늘도 머물고 있다

가슴을 찢어놓던 총소리가 그대로다
쉽게 말할 수 없고
쉽게 손 내밀 수 없었던 수십 년의 시간 앞에
분노가 아니라 용서라고
감히 누가 쉽게 말할 수 있으랴
1950년 8월의 한낮이
국도 2호선을 타고 곡안리로 곡안리로
역사의 바퀴를 굴리고 있다

항쟁, 아래로부터 피어난 핏빛 역사의 꽃

| 표성배 | 봉화산은 매일매일 / 馬山 10·18 그리고 |
| 노민영 | 긴급조치시대 멸망의 물결 |
| 이규석 | 봄은 그냥 오는 것이 아니다 |
| 허영옥 | 장마 |
| 이상호 | 아직도 |
| 최상해 | 대한민국 |
| 박덕선 | 혁명의 흔적 |

# 봉화산은 매일매일

마산 사람들이 거리로거리로 노도(怒濤)처럼 몰려나와서는 1960
년 3월, 1979년 10월, 그 역사를 바로 세우고자 했던 날을 잊어서는
안 된다고, 지금도 아이들 가슴에 이름표처럼 또박또박 새겨주고
있다

* 경남 마산에 있는 산, 위에는 봉수대가 있다.

# 馬山 10·18 그리고

봉화산이 내려와 급히 발을 담근다

봉화의 함성이다

마산이 우뚝 말처럼 일어서면 푸른 기와집 문패가 바뀐다 했다

아직은 하늘의 때를 모른다

지하는 더욱 내려가고 지상은 마천루, 바다 표면은 잔잔하고 파도는 어디서 뜨거운 가슴을 식히나

고래처럼 긴 숨 참았다 내뱉는 돝섬 등이 들썩이고 방풍림 같은 무학산은 언제 학익진으로 고고함을 나타낼 것인가

가만히 한쪽 발을 합포만에 담그는 갈기가 찢어진 한 마리 말

공단은 여전히 기계 소리, 바다 위에는 배들의 그림자, 사람들은 다 어디로 갔나 함성은 파도 소리처럼 멀어져 간다

이제 이름조차 잃어버린 마산

그 등 푸른 집이 두려워하지 않아도 되겠다

노민영

# 긴급조치시대 멸망의 물결

정의를 배우며 책장을 넘기는 학생은
나라와 맞서 싸우는 것이 아니다.

맞서야 했던 것은 가난이었고
싸워야 했던 것은 자유였다.

손이 부르트는 부산 신발공장에서
똑같은 일상을 찍어내는 마산 전자부품공장에서
앳된 노동자가 바랐던 것은
노란 월급봉투에 동전 한 닢이라도
더 새어보는 것이었다.

월급봉투 꼬리를 잘라 막걸리를 마시며
부당을 말하고 부정을 통하며
꿈에 취하는 자유는 반역이었던
유신의 새 나라

정의를 배우며 책장을 넘기는 학생은
말도 본 것도 들은 것도

긴급조치 단 칼날에 말살되는
절름발이 새 나라

더는 참을 수 없었던 부산의 봉기
더는 보고 있을 수 없었던 마산의 항쟁

부마항쟁은
자유와 민주로 온전히 걷는 나라를 위해
맨몸으로 피로
독재의 나라와 맞서 싸우는 것에 전혀 두렵지 않았다.

이규석

# 봄은 그냥 오는 것이 아니다

쿠데타로 만든 겨울 공화국
그 꽁꽁 언 박토의 땅 갈아엎고
자유민주주의 꽃피우기 위해
군부 독재정권 물러가라
유신정권 철폐하라
너도나도 망설임 없는 한목소리로
어깨 탄탄히 걸었지

경남대학교에서 남성동에서
북마산에서 불종거리에서
오동동에서 하나 된 우리
피를 두려워하지 않았다
아니 두려운 줄을 몰랐다

독재의 압박 강하게 눌러올수록
자유를 위해 튀어 오를 반탄력 가진
용수철 같은 여기 마산 민주 시민들
흔들리면 뽑히는 썩은 이빨처럼
압제의 혹독한 아성 흔들고 흔들어

억압의 족쇄를 풀고
부정부패의 썩은 사슬을 끊고
마침내 겨울을 이겨내고 오는 봄

이 땅 민주의 이 봄은
독재와 유신의 얼룩 태우고
자유민주주의에 목마른 피 흘리며
그렇게 시작되었지
무학산이 산증인이다

허영옥

# 장마

여러 날 비가 내렸다
무심으로 내린 비는
여기저기 상처를 남겼으나
하늘은 보란 듯 맑다

여러 날 햇볕이 따갑게 쬈다
땀으로 얼룩진 농심을
까맣게 태웠으나
여린 풀들이 돋아났다

자욱한 최루가스가 도시를 뒤덮었다
유신정권 물러가라!
정치탄압 중지하라!
군부독재 물러가라!
짓밟히고 끌려가서 고문을 당했으나

상처로 얼룩진 척박한 땅에
지루한 장마는 그쳤고
따가운 햇볕을 견딘 새싹은 자라

민주주의 촛불 꽃이 피었다

이상호

# 아직도

무학산 꼭대기에도
마산 앞바다 그 깊은 곳에도
자유와 민주의 함성
듣지 않을 수 있었으랴

한 마리의 새도
한 포기의 풀도
흘러가는 구름도
부마항쟁의 마음
함께 나누지 않을 수 있었으랴

분노를 넘어 절망의 시간을 지나
끝내 희망을 찾으려는 숭고함의 함성

독재 타도, 유신철폐

죽음조차 두렵지 않은 거대한 물결들
그 물결들 모이고 모여
끝내 우리는 지켜 내었다

여기 이 자리
자유 민주의 성지에
다시 서는 것은
그날의 함성이
아직도
끝나지 않았기 때문이다

최상해

# 대한민국

세상 무서운지 모른다며
다그치시던 아버지
함부로 겁 없이 나선다고 야단만 치셨지요
사실 저는 겁쟁이였답니다
혼자가 아니라 함께였기에
겁 대신 따뜻한 용기가 생겼어요
어릴 때 우리 사 남매 앉히시고는
아버지께서 말씀하셨잖아요
한 개는 쉽게 부러지지만
여러 개가 모이면 쉽게 부러지지 않는다고
3·15가
4·19가
유신철폐 함성이
부마항쟁이
하나하나 작은 씨앗이 모여
그 매우 어려운 시간 속에
부러지거나 꺾이지 않고 자란
한 그루 나무, 민주주의
저기 보세요 아버지

하나의 촛불이 두 개의 촛불이 되고
두 개의 촛불이 세 개 네 개의 촛불로
거대한 횃불이 이루어져
새로운 내일로 가는
저 광장을요

박덕선

# 혁명의 흔적

사월 월영지는 나른한 낭만에 젖어 눈부시고
무심히 지나는 대학생들
3·15항쟁 시원석은 벚나무 그늘 아래 졸며
낭낭한 웃음소리 끝에서 잠잠하고
갈 곳 없는 4·19 상징물은 마산만 바다 끝
자투리 조각 공원으로 밀려나 저 혼자 뜨겁고
사람들 지나다 쉬어가는 그루터기로 남아
그날의 동지들처럼 이름도 없다.

항쟁은 낡아서 기억하는 이 가물하고
촛불은 서울까지 달려가 역사의 레일을 굴려 가지만
마산만 바다 끝에서 담금질하며 노도로 밀고 오르던 정열
기억 속에서도 기억을 잃어버린
한때 뜨거웠던 역사여!

그대 기억하는가?
마산에서 불었던 바람의 씨앗을!
촛불의 심지가 발 담그고, 저 남해를 팔팔 끓이던
민주주의여 만세! 를

## 제2부 시로 말한다

배냇저고리 / 전생 / 은비늘 / 수평선 / 물고기처럼 사는 법   노민영

하행선 노상매장에 앉아 / 백두산 아리랑 / 녹색 동지 권혜반   박덕선

봄날에 / 첫선 / 빈자리 / 환생 / 빨간 티이   배재운

바가지 / 불량 / 오십견 / 계룡산 / 허기   이규석

비상 / 소록도 / 뜬금없이 / 창동예술촌에서 / 줄   이상호

목 백일홍 / 하늘같이 / 능소화 / 촌철살인 / 쓸어가라   정은호

강아지똥 / 모순 / 식목일 / 사라지다 / 안부   최상해

봄비 / 야외음악회 / 불효자 / 등   표성배

2018년 4월 27일 판문점 도보다리에는

유목민 / 울란바토르 달동네 / 몽골에서 별 헤는 밤   허영옥

호상 / 변비 걸린 고양이

# 배냇저고리

배냇저고리 같은 참깨 꽃이 핀다.

솜털 연분홍 하얀 살결
보송보송한 갓난이처럼
손을 타면 울음을 터뜨리듯
툭 떨어지고 말

몸에 맞지 않는
세상에 처음 입어보는 옷
자식은
그렇게 과분하게 온다.

깨알 같은 세월이 차고
고소한 사랑이 배이도록 감싸면
세상 어떤 입맛에도 맞추도록
제 몸을 볶고 갈아서 버무려진다.

배냇저고리를
제 손으로 마련할 즈음이면

# 전생

햇볕에 밭을 갈고
해거름에 고랑을 만들고
씨앗은 달빛에 별처럼 뿌렸다.

잘 자라는 바람이 한숨을 곡조로
촉촉한 시처럼 읊조려 씨를 덮고
주는 물줄기는 유성처럼 쏟아져
흙으로 돌아갔다.

하루를 모조리 흙에 파묻혀
지독하게 뒹구는 습성
어둠을 휘저어 쓸어가며
잠자는 씨를 뚫어지게 보다가 마주친
푸르스름한 벌레가
흙 속에서 나왔다가 그 속으로 들어간다.

전생에 나도 땅속에 살았을까
이승이 저승이고 저승을 사는 지금

# 은비늘

시퍼렇게 사는 팔자
거품을 품다가 비린내가 배인 몸
망망한 앞날에 지느러미가 곤두섰다.

눈부신 은비늘 번득이며
어시장 좌판에 가지런히 허리 펴고 누운
생선보다 못한 인생 툴툴 털 듯
땅거미가 지면
죽어서도 팔자 좋은 생선 떨이로 팔아치운다.

좁은 골목길을 비집고 집으로 오는 길
가로등 아래 선술집 막걸리 한잔이
지아비보다 더 가슴을 녹이던 저녁들
하루처럼 구겨진 앞치마 속 비늘 같은 낱돈은
떠난 시절 헤아려 세듯 고무줄에 묶더니
바닷바람 잔뜩 쐬고 온 이후로
남은 날은 다 세지도 못하고 놓았다.

짠 내 절은 평생
온몸에 소금을 치댄
빛 고운 어느 생선을 따라갔는지

아내는
비릿한 선창가에 가면
엄마 이야기를 잘 하지 않는다.

# 수평선

흔들리고 있는데
얼마나 기울었는지 알 수가 없다.

출렁이는 나를 바다에 띄워
저 멀리 수평선에 가지런히 세우면
파도로 전갈이 온다.

지금 추스르지 못하면
난파할지도 모를 각도라고 울렁거린다.

흔들리는 습성은
기울지 않는 속성과 마주할 때
평정을 찾는다.

망망한 끝
그 선에서도 수평을 잡기 위해
파도를 달고 산다.

# 물고기처럼 사는 법

견디기 힘든 것은 고된 것이 아니라
벗어날 수 없이 옥죄는 압박이다.

빛도 바랄 수 없는 곳에서
납작하게 바닥에 몸을 기다가
눈 하나만 남아도

약육강식인 일상에
죽도록 뜬눈으로 살다가
새끼들 절반도 못 건지는 삶이어도

엄청난 수압에도 헤엄치는
바다 속 물고기처럼 살아가려면
눈을 부릅뜨고
어떤 압박에도 대수롭지 않게
헤치고 가는 것이다.

# 하행선 노상매장에 앉아

하행선 노상 매장에 앉아

체류 불가능한 공간 휴게소에서
떠나는 사람들을 바라본다.
하루 동안 근무를 서야 하는 특판 매장에는
벌도 나비도 새도 들지 않는 바람의 집이다.

사람들은 어디론가 분분히 떠나고
내 생각은 하루 치 용량을 초과해
걱정과 우울의 한숨 빗방울 듣는다.

회사는 나의 부재로 동동 구르던
발이 부르텄을 것이다.

때로,
우리가 서로를 버리고 싶을 때는
종일 고속도로 휴게소에 머물러 보라.
떠날 수 있을 때의 자유와
붙잡는 이 없을 때의 허허로움이

축복일 수도 있음을 느껴보라

차들은 메뚜기 떼처럼 몰려왔다 왕왕 떠나고
무얼 바라봐야 할지 난감한 시선 하나가
여러분의 발길을 잡거든
그게
어디선가 잃어버린 자신인 줄 알라

누군가에게 무심하고, 작은 아픔 외면했던 네가
오늘 거기 바람의 집에 앉아서 달팽이의 시간에 갇혀
울고 있음을 기억하라

하루 동안
빗방울 듣는 노상 매장에 앉아
매연 낀 허공을 바라보며
천둥처럼 울고 싶은 마음을 달래보라

휴게소에서 휴게 되어
분주히 돌아서 가는 너의 등 뒤에 혼자 머물
바람의 안부 부디 잊지 말기를

# 백두산 아리랑

한라산 백록담 물이
백두산 천지 물과 만났다.

마치 엊그제 계곡 지선에서 만나 구름으로 뭉쳤던
이웃같이 친지같이

대통령 큰 눈이 자꾸 붉어져서
TV 앞의 우리는 더 크게 눈을 껌뻑이며
둘이 하나가 되는
백록담과 천지를 바라봤다.

가수 알리가 아리랑을 부르는데
아무래도 안 되겠다.
내 볼에도
백록담과 천지가 만나서
뜨겁게 뜨겁게 마구 흐른다.

아리아리랑 쓰리쓰리랑
아리와쓰리도 하나 되어
목젖을 타고 흐른다 넘친다

칠십 년 이별의 견우직녀가 아니라
지난 추석에 만났던 형과 동생
숙모와 조카처럼 마주 안고
천지 문을 활짝 열고 잔치마당 벌였다.

맘만 먹으면 한달음
아리아리 동동 쓰리쓰리 동동
햇살 아래 달빛 아래 우리는 하나다.

# 녹색 동지 권혜반

벌거숭이야, 천둥벌거숭이

그녀, 지는 벗은 줄도 모르고 겨울로 가는 내게
선뜻 윗옷을 내어놓는다.

자기는 어쩌려고?
둘 다 얼어 죽을 거냐며 몇 달을 피해 다녔다.

겨울 들판에서 새싹을 찾는 내게
투자, 투잔데 안 받을 거냐고……
내 가능성이 횃불 같아서
자기 외투 벗어줘도 겨울날 수 있다고 했다.

큰소리치며 장담하며
집 판 돈을 뚝 떼서 내게 준 청맹과니

나는 십여 년이 다 되도록
그녀의 집을 등에 지고
그녀의 기도에 기름을 부으며
물을 넘고 산을 넘으며
오늘에 왔다.

나보다 추웠을 그녀는
푸른 초장에 늠름히 서서
응원의 깃발을 올리고

내 가시밭길 위에 꽃잎을 뿌린다.

함께
녹색 녹색 초록 세상 꿈꾼 죄로
그녀는 긴 서리 밭을 걸어서 봄으로 가고 있다.

그녀의 수혈은 내가 겨울을 이기게는 했지만,
겨울 언저리를 벗어나지는 못했다.

나의 가난한 주주 권혜반은
지구의 가난과 위협받는 초록을 구하러
두 발로 걸어서 수행자의 길을 가고

그녀의 가난은 나의 죄고
나의 가난은
이제 진실에 물어야 한다.

진정성이 밥그릇을 뺏아 갈 때마다 울면서 따라갔다.

녹색 꿈은 가난하다.
권혜반은 봄 들판이 안고 가지만 배고프다.
우리의 꿈은 배고픈 자의 오솔길이다.

# 봄날에


나비를 보았습니다
따사로운 햇볕을 받으며
꽃을 찾는 나비를 보았습니다
때론 느리게 때론 빠르게
너울너울 춤추는 나비 날갯짓을 보았습니다

주방에서 일하는 손이
쉴 새 없이 바쁜 아내의 손이
사뿐사뿐 날아다니는
나비의 날갯짓 같다는 생각을 해보았습니다

먹고 살기 위해 아등바등하는
우리네 몸짓도
어쩌면 꿀을 찾는 나비의 날갯짓처럼
우아하고 아름다운 건 아닐까요

식당 문을 활짝 열어둡니다
나비 날개처럼 가벼운 봄날입니다

# 첫선

찬물로 몸을 깨운
정갈한 새벽
다닥다닥 붙은 좌판 사이로
분주한 발걸음들
가지런히 단장한 채소전을 지나다
문득 첫선이란 말을 떠올린다

오늘은 어떤 인연을 만날까
날마다 첫선을 보듯
가슴 설레는 만남이 있었기에
끝없는 불황
팍팍한 내 하루를 여태 견뎌왔는지도 모른다

# 빈자리

파리채를 휘두르고
약을 치고 향을 피워도
금방 다시 달라붙는 모기

피 터지게 싸우다
한 방에 같이 사는 지겨운 모기

오늘은 적선하듯 손 내미니
인제 늦었다고
쌩하니 가을 속으로 날아갔다

그도 빈자리라
적막하다
벌써 한 해가 저물어 간다

# 환생

보도블록과 눈 맞추며
느릿느릿
딸딸이*가 굴러갑니다
종이박스 빈 병 하나에도
깊숙이 고개 숙이며
햇볕 따가운 모퉁이
돌고 돌아
삐걱삐걱 굴러갑니다

누군가에 버림받은 잡동사니들과 부대끼며
측은지심으로 지긋이 바라보는
해 넘긴 달력 속 달마처럼
눈에 힘 불끈 주고
천 원짜리 지폐 몇 장으로 환생할
고물들을 위해 기쁘게 굴러갑니다

* 딸딸이 : 작은 손수레

# 빨간 티이

시들시들 말라가던 채송화
꽃을 피웠다
긴 가뭄 끝에 단비 맞고
붉은 꽃 열정적으로 피웠다

이순의 이 가슴에도
다시 꽃 피울
저런 단비 좀 안 오나 하다가
옷 하나 샀다

어딘지 모르게 서먹해진
빨간 옷
나이 들면
옷 하나 고르는 데도
열정적인 용기가 필요한가 보다

# 바가지

고픈 것은 소리를 낸다

채우고 채워도 채워지지 않는
밑 빠진 물독처럼

살아오면서 허기지는 것만큼
항상 불량 학생인 나를
귀가 먹먹해지도록 긁고
길이 아닌 길에서 헤맬 때
따발총처럼 다다다 볶는
아내는 언제나 무서운 호랑이 선생님

볶고 긁는 아내의 그 관심
허하게 살아온 나를 위해
채우며 열어갈 고픈 소리이다

# 불량

모르는 것이다

남의 일들 눈 밖으로 밀어내고
관심의 불마저 끄고 나면
우선 내가 편한 것

옳은 말도 간섭으로 들려 귀찮고
힘들고 싫은 것들은 바쁜 척
편한 것만 찾아
편하게 살아가고 싶었지 그렇게

톱니바퀴도
서로 맞물려야 돌아가는 것인데

내 중심으로만 나를 위해 살면서
바쁘다는 핑계로 무시하고 외면한
그 잘난 버릇 편함에 눌려
삐거덕 소리 듣는 순간

# 오십견

어쩌면 기다리고 있었던 것같이
어느 날 갑자기 만난 초등학교 친구
덥석 부여잡은 손 그 어색함 탓인지
술을 한잔하자 한다

반가운 만남의 술 마실수록
무심코 덥석 씹은 땡초 맛 같은
50년 넘게 살아온 매운 안주들
속도 쓰리고 눈물도 나는 것이

이야기에 젖어 붉게 취해갈 즈음
소주보다 더 쓴 걱정들 마셔온 친구
그 어깨가 잔잔하게 흔들거렸고
잔을 잡은 내 손도 따라 흔들렸다

부평초처럼 뿌리내리지 못해 밀리고
밀려서 이곳저곳 떠돌다 그리운
고향 가까이 살고 싶었다는 친구
결혼도 한참 늦게 했다는데
마땅한 일자리도 없다는데
벌써 주름살 골도 깊어 보인다

연어처럼
힘들게 시간을 거슬러 온 친구 보며
자꾸 낡아가는 서러운 그 어깨 너머
살갑게 한껏 물오른 꽃봉오리 닮은
친구의 아이들 자꾸 눈에 밟힌다

# 계룡산

오일장 약사 도사들이
한 번씩 거쳤다는 그 유명한
전설이 된 산을 오른다

나도 신령한 기운 받아
없는 복 얻고 싶은 욕심에
갑사 부처님께도 비손 드리고

새소리 물소리 따라 오르는 가파른 길
자신만만했던 마음과는 달리
평소 술에 찌든 저질 체력의 앙탈인지
산이 귀찮다고 흔드는 것인지
땀범벅에 다리까지 후들거린다

참고 올라야 한다

넉살 좋게 아양도 양념으로 담아
수령 깊은 나무에도
영험해 보이는 바위에도
애달픈 자매 탑 앞에서도
비구니 스님들의 동학사에서도

정성을 들이고 온 일주일 째

약도 없는 지독한 몸살 중이다

# 허기

저마다의 소리로 바쁜 시간
나 혼자 뚝
떨어져 있다는 이 막막함

이런 날은 밥을 먹어도
잃어버린 것 없이 더욱 허전해 오는

간절함 담아 전화를 해봐도
만날 약속들 자꾸자꾸 비켜 갈 때
이제껏 살아오면서
남에게 무엇을 얼마나 잘못하고 살았을까
침묵하는 전화기에 눈을 떼지 못하는
오늘같이 마음 고픈 날
거리도 낯설게 다가오고
일도 없이 비는
자꾸 내 발걸음을 붙잡고

# 비상

꽤 되었지
왼쪽 어깨의 통증이 손을 마비시키고
왼쪽 다리의 통증이 절름발이 걸음을 만든 지

오늘의 고통을 이기기 위해
진통제를 먹고
내일을 기약하지만

산재의 그늘은
되돌릴 수 없는 상처

달빛은 시간이 갈수록 더 밝아지고
몸도 더 아파지겠지만
아직은 버텨야 할 시간

새벽녘 조용히 집을 나와
밤의 기운 속에
담배 연기를 날린다

# 소록도

소록도 박물관 가는 길이
생각만 하고 지나온 과거처럼 멀다

가족들에게조차 버려지고
사람들 속에서 격리되어
인권마저 빼앗긴 상처의 흔적
반세기를 훌쩍 넘긴 사진과
유물의 흔적에 알알이 맺혀 있다

본다고 볼 수 없고
느낀다고 제대로 느낄 수 없는
사진 속 흔적 하나
만져 볼 수 없는 유물 하나
가슴에 담고 돌아오는 길

소록도의 이야기가
발걸음마다 밟힌다

# 뜬금없이

마산역 24시 편의점 앞
두 어르신 이야기 어렴풋이 들리는데

"자식들한테 내 죽으면 찾아오라 문자 넣어 놨다"

"그래도 이라면 안 된다. 다시 생각해봐라"

"벌써 고민 많이 한 기다"

"아무리 그래도 자식 앞날도 생각해봐야 안 되나. 이 사람아"

"됐다. 그동안 고마웠다. 잘 지내거라"

두 어르신 떠난 자리
겨울바람 휘몰아치는데

나는 왜 어머니를 떠올릴까
뜬금없이

# 창동예술촌에서

칠보공예를 하는 지인을 기다리는
창동예술촌 골목 입구
바람이 휘돌아 나오는지 세차다

불 켜진 점포보다
불 꺼진 점포가 더 많은 골목
사람 발걸음 소리 들리지 않아
혹시나 둘러보아도 보이지 않는다

다시 골목 입구에 서서 기다리다

문 닫을 수밖에 없는 사연과
닫을 수도 없이 지켜야 하는 사연
바람에 묻고 싶은데

골목을 나온 바람은 관심도 없다는 듯
제 갈 길 가기 바쁘다

# 줄

옷 하나 수건 하나 걸치지 않았는데도
축 늘어진 빨랫줄 당긴다

널어야 하는 빨래를 놓아두고
팽팽하게 당긴다

흔들리는 일상처럼
긴장의 하루처럼
빨랫줄도 팽팽한 긴장 속에
자신을 놓았을까

처지고 처진 줄이
마치 내 정신 줄 같아
해야 할 일 놓아두고
줄을 당긴다

아침 해를 마주 보며
팽팽하게

# 목 백일홍

몽실*의
무덤가에 피어오른
영혼의 꽃

석 달 열흘 동안
못다 한 이승의 사랑
풀어놓은 걸까

뜨겁던
여름 견디며
꽃잎 떨어지니

가슴 아리는
가을이 깊다

* 목 백일홍 전설 속 여주인공 이름

# 하늘같이

하늘이 높은 까닭은
하늘이기 때문이다
이름만으로
우러러볼 수 있는

하늘 같은 아버지
하늘 같은 어머니
하늘 같은 선생님
하늘 같은 임금님

하늘같이
그랬으면 좋겠다

# 능소화

누군가를 기다리게 하는 것도
기다리는 것도
못 할 일인지도 모른다

그리움과 기다림에
고개를 담장 너머로 내밀었다

차라리
사랑하지 말 것을

귀를 쫑긋 세우고
담장 너머로
담장 너머로
얼굴을 내밀었건만

그리운 님
소식이 없다

여름날 숙연한 능소화야
살아서 그리움
죽어서 구중궁궐의

한이 되었구나

함부로 꺾지 마라
눈멀지도 모르니

# 촌철살인

한 끼의 밥
그 이상을 원하는 건
욕심이다

많이 가진다는 건
죄악이다

보라,
저 빛나는 빌딩을

누군가의
한 끼의 밥
얼마나 끌어모았겠는가
얼마나 **빼앗아** 올린 것이겠는가

욕심이 몇 층인가
죄악이 몇 층인가

타인의 몫으로 이룬 첨탑이다

많이 가진 이가

베풀어야 하는 이유
여기에 있다

# 쓸어가라

태풍 온다기에
기도를 한다

쓰레기들
제발
확
쓸어가라

돈 있는 놈들
힘 있는 놈들
갑질하는 놈들
인간말종
그리고
김지하의 〈오적〉

확
쓸어가라

# 강아지똥

"똥이다. 똥"

"에구 더러운 똥"

"흰둥이가 더럽게 똥을 누고 갔네"

한 장 한 장 넘기느라 엄마 손이 바쁘다

다섯 살 어린 조카는 조곤조곤 읽고

여든 넘은 엄마는

어제도 오늘도 처음인 양 읽으며

"똥이다 똥"

"에구 더러운 똥"을 반복하신다

* 『강아지똥』(권정생 글, 정승각 그림, 길벗어린이, 2017)

# 모순

대한민국은 자본주의 국가입니다

자본주의는 속도와 비례한다는데,

자본주의는 포기할 수 없고, 속도는 좀 줄여보자는 것인데

"속도를 줄이면 사람이 보입니다"라는 현수막 앞을

보란 듯 차들이 씽씽 달리고 있습니다

# 식목일

빙하기처럼 기적을 꿈꾸며

온통 콘크리트로 포장된 도시의 중심에

은행나무 씨앗 하나 심었다

# 사라지다

창밖엔 가을비가 사납다
와글와글 창으로 달려들다 흩어지는 빗방울
빗방울의 소란스러움이
막 연주를 끝낸 무대 같다
뜨거운 시선과 가득 찬 박수 소리가
가슴을 벅차게 차오르게 하던 감동
창안은 감동이 사라지고 허무로 꽉 채워진 무대 뒤처럼
고요하기만 한데
여전히 창밖은 아우성이다
기억에서조차 남겨지지 않은 풍경을
제자리에 끌어다 놓듯
닫힌 창문을 확 열어젖히고 싶다

# 안부

새벽 기온에 맨다리가 싸늘하다
지난여름 견디기 힘들었던 기억들이
바뀐 계절 앞에서 희미해져 간다
길을 걸을 때마다 들러붙던 날파리들
싸리꽃 잎처럼 소복하게 죽음을 맞이한
창가의 아침
단단한 날개를 자랑하던 매미도
뒤집힌 채 움직이지 않는 주검 앞에서
잊고 있던 친구에게 안부를 묻는다
혹독하게 뜨거웠던 여름날
오고 가는 이 하나 없이 늙은 어머니는
홀로 떠나셨더라고
바삭 마른나무 장작처럼 너무나 가벼워
차마 울지도 못했다는
미경이의 먹먹한 통화가
뜨문뜨문 이어져 가는 사이

아무도 묻지 않은 내 안부를
오늘에야 묻는다

# 봄비


지난 겨우내
슬쩍,
한마디 말 건네는 이 없더니
누가
톡!
톡!
말을 거나


바짝 마른
화단 귀퉁이에
눈이
먼저 가네

# 야외음악회

새 한 마리 벚나무 가지에 앉았다 날았다 할 때마다, 떨어지는 벚꽃 잎 사이로 새소리 낮아졌다 높아졌다 관객 따위 안중에도 없는, 봄 연주회

# 불효자

매미 울음소리가

저리도 기―일―게 숨넘어가네

애끓는 소리로

# 등

꽃피지 않아도 할미꽃

꽃 져도 할미꽃, 할미꽃은 할매 등처럼 굽었다

(이놈의 세상 질긴 목숨 팍 꼬꾸라져 죽어야지 죽어야지)

죽어서도 할미꽃은 할미꽃

# 2018년 4월 27일 판문점 도보다리에는

평화라는 평화로운 낮은 말 대신 더 낮은 새소리만 있었다

# 유목민

몽골에서의 4박 5일을 챙긴 내 가방 안에는
사계절 입을 옷과 침낭, 드라이기, 신발 등으로 가득해
하룻밤 쉬는 게르 안이 비만과 고혈압을 앓는데

끝없는 평원은 양과 말에게 내어주고
그가 가진 서너 평 남짓한 게르 안에는
젊은 아내와 아장거리는 딸과 노모
침대 하나에 카펫 하나
쇠똥 말똥 먹는 난로 하나
양식 담은 통 하나

# 울란바토르* 달동네

키 큰 나무 한 그루 보이지 않는 야트막한 언덕에
울긋불긋 다닥다닥 붙은 양철지붕들

고개만 들면 끝없이 펼쳐진 들판을 두고
어깨를 걸친 집들은 짧은 여름보다
길고 혹독한 겨울을 이겨내기 위한 동업이거나

한강 남쪽 배밭이 황금 땅이 된 서울의 강남처럼
빨간 양철지붕 아래서 짧고 긴 계절과 맞서며
강남의 그 날을 꿈꾸고 있는 것인지도


* 울란바토르(붉은 영웅) : 몽골의 수도

# 몽골에서 별 헤는 밤

하늘과 가까운 몽골의 밤
열 시 넘어 동쪽 언덕에 떠 오른 하현달이
그 언덕에 올라서면 손에 잡힐 듯하고
힘없는 달빛 비켜서 바라본 하늘에
선명하게 반짝이는 북두칠성
그 앞을 유유히 흐르는 은하수
연방 누군가의 행운을 물고 달려가는 유성들

모깃불 생 쑥대 태우며
깔고 누운 평상에
머릿결 간질이던
할머니 부채질 따라
옛날이야기 은하수처럼 흐르던 날을
옛 시인이 별을 헤듯
헤어 본다

* 몽골 국토 평균 고도는 해발 1,580m

# 호상

  뉴스에선 경제적 어려움을 겪는 노인 인구 증가 문제를 어려운 숙제 풀 듯 다루고, 한쪽에선 백세 시대라 준비해야 하는 보험 광고를 보며 조문을 하러 간다.

  백수를 누리지 못한 아쉬움보다 자식들 고생시키지 않고 건강하게 살다 떠나신 것 얼마나 큰 복이냐는 조문객들 말이 덕담처럼 들린다

# 변비 걸린 고양이

제 먹이만 먹고 사람 음식 탐내지 않는다고 다행이라 했는데, 사흘 만에 밝혀진 것들이 제 털 뭉치, 실, 고무줄……, 먹은 것과 나온 것이 이 모양이면 의심 없이 먹은 내 것도 어디서 변비가 되지 않았는지 살펴볼 일이다

# 제3부 객토문학 스토리텔링

제1차 객토문학 스토리텔링
제2차 객토문학 스토리텔링
제3차 객토문학 스토리텔링

# 김주열과 3·15, 그리고 4·19

## 1. 의의

첫 번째 객토문학 스토리텔링을 여기 김주열 열사 시신 인양지로 선택한 것은 시기적으로 4월이라 아주 자연스러운 일이라 생각됩니다. 1960년 이승만 정권에 의해 자행된 3·15부정선거를 규탄하는 함성이 시작되었던 마산, 그 역사적인 순간에 김주열 열사가 있었으며, 이후 4월 11일 오늘 우리가 서 있는 이 자리에서, 눈에 미제 최루탄이 박힌 채 주검으로 우리 곁에 온 김주열 열사와 수많은 김주열의 삶을 되돌아보는 것은 지난 촛불혁명으로 시작된 대한민국의 비정상화의 정상화를 외치는 목소리와도 그 맥을 같이 한다고 볼 수 있겠습니다.

김주열 열사의 시신이 발견되고 제2차 마산 시위로 인하여 4·19 혁명의 도화선이 된 이 역사적인 자리에 서서, 오늘 우리는 경건한 마음으로 이 땅에 정의와 자유와 민주주의를 생각합니다. 나아가 반칙과 특권이 설 자리가 없는 나라, 부정과 불법이 발붙이지 못하는 나라, 정당한 노력이 보상받는 아름다운 나라를 꿈꾸며, 한 사람의 시민으로서, 시인으로서 할 수 있는 일을 생각하고 실천하고자 합니다.

그 엄혹했던 시절에도 시인은 시를 써서 불의에 대항하고, 현실을 고발하는 데 주저하지 않았습니다. '봄비에 눈물이 말없이 어둠

속에 피면/눈동자에 탄환이 박힌 소년의 시체가/대낮에 표류하는 부두'라고 4월 12일 김태홍 시인은 시「마산은」을 김주열 열사의 시신이 마산중앙부두에 떠올랐을 때 『부산일보』에 게재하기도 했습니다.

오늘 우리는 독재자와 그 앞잡이들이 눈에 불을 켜고 총칼을 휘두르던 시절, 독재자에 항거했던 수많은 김주열을 생각합니다. 우리들이 시를 읽고, 곡을 연주하고, 자유와 민주와 정의가 무엇인지를 되새겨 보는 자리는 의미 있는 자리임이 틀림없습니다. 더 나아가 촛불혁명으로 세운 나라가 반듯하게 서서 미래의 아이들에게 희망과 꿈을 주는 나라다운 나라가 될 수 있도록 작은 돌멩이 하나라도 얹어 줄 수 있는 출발이 되었으면 좋겠습니다.

마산에 살면서도 마산이 안타까울 때가 많습니다. 이름마저 희미해져 가는 마산, 그것이 현실이지만 이런 때일수록 마산을 기억하고, 마산의 역사, 그 역사를 만든 수많은 의로운 이름을 잊지 말아야겠습니다(『살매 김태홍 시 전집』, 국학자료원, 2013, 286쪽).


2. 일시 및 장소
  ─ 일시 : 4월 8일 일요일 15시
  ─ 장소 : 김주열 열사 주검 인양지(마산중앙부두:마산합포구 신포동 1가 47-6번지)


3. 행사 개요
  ─ 의의 및 추모
  ─ 시 낭송 (노민영, 박덕선, 배재운, 이규석, 이상호, 정은호, 최상해, 표성배, 허영옥)

― 추모연주 (최상해)

　　― 해설 (김영만 해설가)


4. 준비물

　　― 현수막(가로 1.5미터 × 세로 0.6미터 × 1개)

　　― '김주열과 3·15, 그리고 4·19'를 주제로 한 시 각 1편

마산 중앙부두 김주열 열사 주검 인양지에서

시 낭송과 추모연주

# 전쟁과 평화, 인간의 두 얼굴

## 1. 의의

누구는 인간이 원래 선하다 하고, 누구는 처음부터 악하다 한다. 결과를 놓고 보면 인간이 선할 때와 악할 때가 명료해지지만, 결과를 보기 전까지는 알 수 없는 게 인간의 진성(眞性)이다. 또한 선과 악이 일상생활에 미치는 영향도 무시할 수 없지만, 사람의 목숨이 담보되는 전쟁이라는 상황에서는 그 선악의 결과가 인간의 삶에 미치는 영향이 확연하게 드러나는 것을 역사가 기록하고 있다.

전쟁이라는 특수한 상황에 부닥친 인간의 모습을 단순하게 선과 악으로 규정하는 것이 올바른지 하는 부분에 대해서는 여러 가지 생각이 있을 것이다. 해서 이 부분은 그냥 단순하게 전쟁 속에서 인간이 행한 행동의 결과에 대해서만 선과 악으로 구분해 보면 쉽게 답을 찾을 수 있을 것이다.

전쟁은 왜 하는가. 그 속에서 인간은 어떤 모습으로 변하는가. 모든 인간이 다 그런 것은 아니지만, 이성으로도 제어하지 못하는 전쟁 속의 인간을 괴물이라고 표현해도 되지 않을까. 평화로울 때는 한없이 자애롭고 사람과 자연에까지 연민을 품고 있으며, 사랑이라는 단어를 입에 달고 사는 게 인간이다. 하지만 전쟁은 이 모든 것을 마비시키고 오직 동물적 성격만 남아 살아남기 위해 취하는 행동을 스스로 정당화시키는 게 전쟁이 가진 하나의 속성일 것이다. 전쟁은 이성적 인간이 아니라 이성이 마비된 인간, 어제와 다른 괴물 인간을 태어나게 하는 게 전쟁이라고 봐도 될 것이다.

나아가 전쟁은 인간이 가지고 있는 가장 첨예한 이데올로기이며, 맹목적인 종교라고 해도 될 것이다. 지난 어느 시대를 막론하고 전쟁은 일어나는 순간 맹목성을 띄게 된다. 승리하기 위한 온갖 수단이 정당화되는 게 전쟁이기 때문이다. 또한 전쟁을 핑계로 저질러지는 인간의 악마적 모습을 우리는 곳곳에서 쉽게 찾아볼 수 있다.

객토문학 스토리텔링 두 번째 주제를 '전쟁과 평화, 인간의 두 얼굴'로 잡은 것은 이러한 전쟁이라는 특수한 상황에 부닥친 인간의 참모습을 짚어보고, 인간이 전쟁을 핑계로 저질러 놓은 민간인 학살에 대해 작은 마음으로나마 추도하고, 지난 시간과 다시 올 시간 앞에서 왜 이런 처참한 일이 일어났는지 그 배경과 인간의 심성을 찾아보고자 한다.

우리 지역에서 일어난 민간인 학살 현장은 여러 군데가 있지만, 오늘 우리는 한국전쟁 발발 직후인 8월 11일 마산 합포구 진전면 곡안리 성주 이씨 재실에서 피난을 가기 위해 모여 있던 노인, 부녀자, 어린이 등 150여 명에게 미군이 무차별 사격을 가해 순식간에 86명의 목숨을 잃었던 현장을 답사하고 고인이 된 많은 분을 잠시나마 추모하고 그날의 처참했던 상황을 그려보려 한다.

## 2. 일시 및 장소

― 일시 : 6월 6일 수요일 11시~
― 장소 : 마산합포구 진전면 곡안리

## 3. 행사 개요

    &minus; 의의 및 추모

    &minus; 시 낭송 (노민영, 박덕선, 배재운, 이규석, 이상호, 정은호, 최상해, 표성배, 허영옥)

    &minus; 추모연주 (최상해)


4. 준비물

    &minus; 현수막 (가로 1.5미터 x 세로 0.6미터 x 1개)

    &minus; 한국전쟁과 민간인 학살, 보도연맹 사건 등을 주제로 한 시 각 1편

미군에 의해 민간인 학살이 자행된 성주 이씨 재실 앞에서

추모 및 시 낭송

# 항쟁, 아래로부터 피어난 핏빛 역사의 꽃

## 1. 의의

부마항쟁은 1979년 유신체제 아래에서 쌓였던 정치·사회·경제·문화·종교 등 각 부문에 걸친 여러 모순의 폭발이었고, 사실상 박정희 정권의 붕괴를 촉진한 결정적인 사건이었다. 부마항쟁(부마민주화운동)을 둘러싸고 민주화운동의 성격, 지도세력 등 여러 평가가 있으나 YH 무역노조 신민당사 농성 사건과 함께 유신체제를 아래로부터 붕괴시킨 결정적인 사건으로 평가되고 있다.[*]

'아래로부터'라는 이 말이 가지고 있는 함의는 '촛불 정국'을 거치면서 약하지만 강하고 아름답기까지 한 '촛불의 힘'으로 탄생한 문재인 정부의 태생이 바로 보여주고 있다. 오늘 이런 날이 오기까지는 아래로부터 수많은 사람이 뿌린 땀과 피가 있었기 때문에 가능했다.

지금의 미국 헌법을 탄생(1787)시키고 연방 정부의 탄생(1789)으로 이어진 일련의 사건은 미국 독립전쟁 영웅 중 한 사람인 대니얼 세이스(Daniel Shays)가 가혹한 세금과 채무자 재판에 항의하기 위해 대규모 농민들을 이끌고 법원으로 몰려간, 농민 반란에 의해 이루어진 것처럼 아래로부터의 항쟁은 많은 희생이 따르기 마련이다.

---

[*] 한국민족문화대백과사전(encykorea.aks.ac.kr).

몇 년 후 대통령이 되는 토머스 제퍼슨이 "민주주의라는 나무는 때로는 애국자와 압제자의 피를 먹고 자란다."고 한 이 말은 그래서 언제까지나 유효할지 모른다.**

민주주의는 그저 주어지는 것이 아니다. 수많은 투쟁의 역사가 누적된 결과이기 때문이다. 그 역사 속에 피를 바친 유명, 무명의 이름들이 있었기 때문에 오늘날 우리가 이런 자유를 누릴 수 있는 것이다.

객토문학 스토리텔링 세 번째 주제를 '항쟁, 아래로부터 피어난 핏빛 역사의 꽃'으로 정한 것은 오늘날 대한민국 민주주의 제단에 뿌려진 수많은 이들 중 저 밑바닥 민초들이 흘린 피를 잊지 않고 기억하고자 함이다.

현재 마산에 남아 있는 부마항쟁 관련 기념물로는 경남대학교 월영지 부근에 있는 '3·15지킴이와 10·18지킴이 장승'과 2009년 부마항쟁 30주년을 기념하여 경남대 동문공동체가 '시원석'이라는 이름으로 세운 표지석, 그리고 1999년 12월에 부마항쟁 20주년 기념사업회가 세운 한국방송통신대학 창원시 학습관 옆 공원에 있는 부마항쟁 상징 조형물 등이 있으나 빈약하기 그지없다. 특히나 이 조형물이 세워진 위치는 항쟁 당시 시위가 벌어진 곳도 아니고, 어떤 관련성도 없는 곳에 세워져 있다는 것이 안타까울 따름이다.

기나긴 항쟁의 역사를 가지고 있는 대한민국 민주주의는 오늘날 일대 혁신을 가져오고 있다. 이번 지방선거를 통해서도 알 수 있듯이 마산에도 새로운 바람이 불고 있다. 이러한 때에 발맞추어 마산에도 부마항쟁을 기리는 떳떳한 기념식과 기념물, 그리고 상징물들

---

** 권홍우, 『99%의 롤모델』, 인물과 사상사, 2010.

이 마땅한 자리를 잡아야 할 때가 되었다고 본다. 그것이 오늘날 이 시대를 살아가는 우리가 해야 할 최소한의 의무인지 모른다.

## 2. 일시 및 장소
- 일시 : 8월 11일(토) 18:30
- 장소 : 경남대학교 월영지 일원

## 3. 행사 개요
- 의의 및 추모
- 시 낭송 (노민영, 박덕선, 배재운, 이규석, 이상호, 정은호, 최상해, 표성배, 허영옥)
- 추모 연주 (최상해)

## 4. 준비물
- 현수막 (가로 1.5미터 x 세로 0.6미터 x 1개)
- 부마항쟁과 촛불집회 및 민주주의를 주제로 한 시 각 1편

경남대학교 월영지에 있는 부마항쟁 30주년 기념 시원석 앞에서

방송대 창원학습관 옆에 있는 부마항쟁 20주년 기념 조형물 앞에서

객토문학 동인지 및 동인의 책

− 동인지 및 기획시집

제1집 『오늘 하루만큼은 쉬고 싶다』(도서출판 다움, 2000)

제2집 『퇴출시대』(도서출판 삶이 보이는 창, 2001)

제3집 『부디 우리에게도 햇볕정책을』(도서출판 갈무리, 2002)

제4집 『그곳에도 꽃은 피는가』(도서출판 불휘, 2004)

제5집 『칼』(도서출판 갈무리, 2006)

제6집 『가뭄시대』(도서출판 갈무리, 2008)

제7집 『88만 원 세대』(도서출판 두엄, 2009)

제8집 『각하께서 이르기를』(도서출판 갈무리, 2011)

제9집 『소』(도서출판 갈무리, 2012)

제10집 『탑』(도서출판 갈무리, 2013)

제11집 『통일, 안녕하십니까』(도서출판 갈무리, 2014)

제12집 『희망을 찾는다』(도서출판 갈무리, 2015)

제13집 『꽃 피기 전과 핀 후』(도서출판 갈무리, 2016)

제14집 『봄이 온다』(도서출판 갈무리, 2018)

배달호 노동열사 추모 기획시집 『호루라기』(도서출판 갈무리, 2003)

한미FTA반대 기획시집 『쌀의 노래』(도서출판 갈무리, 2007)

— 동인의 책

문영규 시집 『눈 내리는 밤』(2002)
　　　시집 『나는 오늘 외출 중』(2014)
　　　유고시집 『나는 안드로메다로 가겠다』(2016)
박덕선 시집 『꽃도둑』(2017)
배재운 시집 『맨얼굴』(2009)
이규석 시집 『하루살이의 노래』(2007)
　　　시집 『갑과 을』(2018)
이상호 시집 『개미집』(2007)
　　　시집 『깐다』(2015)
정은호 시집 『지리한 장마, 그 끝이 보이지 않는다』(2003)
최상해 시집 『그래도 맑음』(2016)
허영옥 시집 『그늘의 일침』(2017)
표성배 시집 『아침 햇살이 그립다』(2001)
　　　시집 『저 겨울산 너머에는』(2004)
　　　시집 『개나리 꽃눈』(2006)
　　　시집 『공장은 안녕하다』(2006)
　　　시집 『기찬 날』(2009)
　　　시집 『기계라도 따뜻하게』(2013)
　　　시집 『은근히 즐거운』(2015)
　　　시집 『내일은 희망이 아니다』(2018)
　　　시산문집 『미안하다』(2017)